二〇一、穷愁寥落，勿失风雅

贫家净扫地，贫女好梳头，景色虽不艳丽，气度自是风雅。士君子一当穷愁寥落①，奈何辄自废弛②哉！

注释 ①寥落：寂寞，形容不得志。②废弛：废弃懈怠。

译文 贫穷的家庭要经常把地打扫得干干净净，贫家的女子经常把头梳得整整齐齐，摆设和穿着虽然算不上豪华艳丽，却能保持一种高雅脱俗的气度。君子一处于穷困潦倒的境地，为什么却萎靡不振、自暴自弃呢！

评点 一些人往往稍不如意就怨天尤人，牢骚满腹，遇到一点挫折就垂头丧气，萎靡不振。这样的人精神境界未免低下和有失风雅，也难免更大的失败。贫与富、穷与达都是身外之事，而人的精神世界不完全是外界所能决定的。越是穷困潦倒就越要讲究生活的品位，保持精神上的超越，才能最终成就伟大的事业。

二〇二、既要破假，又要识真

以幻境①言，无论功名富贵，即肢体亦属委形②；以真境言，无论父母兄弟，即万物皆吾一体。人能看得破，认得真，才可以任天下负担，亦可脱世间之缠锁③。

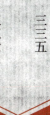

注释

①幻境：虚幻的境相。

②委形：上天赋予我们的形体。

③缰锁：套在马脖子上控制马行动的绳索，比喻人世间的互相牵制。

译文

从境界之虚幻来说，不但功名富贵，就是自己的四肢和躯体也是一种幻象；就境界的真实来说，不但父母兄弟，即使天地间的万物也与我一体不二。人只有看得破物质世界之虚幻，认清本性之真实，才能担负起济世利民的重任，摆脱世间的一切枷锁。

评点

佛教认为，宇宙人生不过是一个幻境，就像梦中一样，只有自性才是唯一真实。不过当明见自性之后，回头再看宇宙人生，就会发现一切事物无非自性的显现，无不是自性之真实，不但父母兄弟与自己同体不分，即使山河大地也同样与自己一体不分。不见自性，一假一切假；明见了自性，一真一切真。所以既要任天下的负担，又要脱离世间之缰锁。

二〇三、持身勿轻，用意勿重

士君子持身①不可轻②，轻则物能挠③我，而无悠闲镇定之趣；用意不可重，重则我为物泥④，而无潇洒活泼之机。

一〇三

持身①不可太皎洁，一切污辱垢秽要茹纳得；与人不可太分明，一切善恶贤愚要包容得。

注释
① 持身：对自己言行的把持。
② 轻：轻浮，轻率。
③ 挠：困扰、屈服。
④ 泥：拘泥。

译文
君子对自身的把握不可以轻浮，因为一轻浮就会受到困扰，丧失悠闲宁静的趣味；用心不可以太重，太重就会为外物所拘泥，而丧失潇洒活泼的生机。

评点
持身或用意的轻与重很值得注意。就持身说，宁重勿轻；就用意说，宁轻勿重。但持身就要用意，所以持身与用意又不是两回事。轻与重是相对的，过与不及都不理想，而要根据具体的情况来把握，达到随宜适度才好。

一〇四、光阴迅速，不可虚度

天地有万古①，此身不再得；人生只百年，此日最易过。幸生其间者，不可不知有生之乐，亦不可不怀虚生②之忧。

注释
① 万古：极长的时间。
② 虚生：虚度一生。

译文 天地的运行万古不变，而人的生命只有一次；人生最多只有百年，当下的日子最容易消逝。有幸生存于天地之间的人，既不可不了解生活的乐趣，也不可不怀有虚度一生的忧虑。

评点 人的一生太短暂了，是为它的『譬如朝露，去日苦多』，不能有更大的作为而感伤不已呢？还是为『人生得意须尽欢』而及时行乐？人要珍惜人生之乐，否则就成了工作机器；但如果耽于乐境而虚度年华，那就没有什么价值可言了，所以不可过分偏于其中任何一面。

二〇五、持盈保泰，君子兢兢

老来疾病，都是壮时招的；衰后罪孽，都是盛时造的。故持盈履满①，君子尤兢兢②焉。

注释 ①持盈履满：保持昌盛美满的状况。

②兢兢：小心谨慎。

译文 老年的疾病，都是年轻时招致的；事业衰败后的痛苦，都是得志时埋下的。因此，在昌盛得意的时候，君子尤其要战战兢兢，勤勤恳恳。

评点 人的一生否泰无常，『三十年河东，三十年河西』，而所作业因却不会凭空消失，一定会有它的后果。在得意的时候如果胡作非为，将来一定吃不了兜着走，就像老年时的病都是年轻时掐的一样。到那时，权已倾，势已尽，后悔也来不及了。所以在春风得意的时候就要预作准备，持盈保泰，如临深渊，如履薄冰。『小心驶得万年船。』

二〇六、却私扶公，修身种德

市私恩①不如扶公议②，结新知不如敦③旧好，立荣名不如种隐德④，尚奇不如谨庸行⑤。

注释

①市私恩：通过个人恩惠来收买人心。

②扶公议：支持公众的意见。

③敦：厚，加厚。

④隐德：阴德，如扶危济困而不留名之类。

⑤庸行：平常的行为。

译文

与其用恩惠收买人心，不如支持公众的议论；与其结交新朋友，不如重修与老朋友的情谊；与其建立好的名声，不如暗中积累德行；与其标新立异，不如慎于日常的言行。

评点

这一条说了四件事，其实只是一句话，就是《论语》所说的『君子务本』。什么是本？什么是末？就这一条所说，公议、旧好、隐德、庸行是本，私恩、新知、荣名、奇行是末。『本立而道生』，先立根本，就水有源、木有本，自然会有好的结果；如果本末倒置，是不可能有好结果的。

二〇七、大处着眼，小处着手

小处不渗漏①，暗处不欺隐，末路不怠荒②，才是个真正英雄。

注释

①渗漏：微小的破绽造成的结果。

②怠荒：因懈怠而荒废。

译文

即使细微的地方也没有疏漏；即使在没人听见没人看见的地方，也不做见不得人的事；即使处于穷困潦倒也不要懈怠荒废，这样的人才是真正的英雄。

评点

成就大的功业也许并不难，只要风云际会，匹夫也能成帝王，比如汉高祖刘邦。但是『小处不渗漏，暗处不欺隐，末路不怠荒』，那就不是一般人所能做到的了，因为要做到这三点，非修养功深不可，所以是真英雄。

二〇八、盛极必衰，居安虑患

衰飒①的景象就在盛满中，生发②的机缄③即在零落④内。故君子居安，宜操一心以虑患；处变，当坚百忍⑤以图成。

注释

①衰飒：衰败。

②生发：发育、生长。

③机缄：决定气运变化的因素。

④零落：凋敝衰落。

⑤百忍：一再忍耐。比喻极大的忍耐力。

译文

衰败零落的景象就在繁盛圆满当中，产生兴旺的转机就在零落里。所以君子应当在平安无事时，应该保持清醒的理智，来防止危难，思虑祸患；处于变乱时，应当以百倍的坚忍，求得事业的成功。

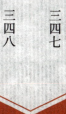

评点

《易经》所谓『日中则昃，月盈则亏』，太极图的阴中含阳、阳中含阴，都说明事物在极盛时候就会露出衰败的预兆，而极衰时期又必然向兴盛转化。人的一生同样如此，兴盛的时候应保持清醒，防患于未然；衰微的时候要以坚强的意志等待转机的到来。所谓『冬天既已来临，春天还会远吗？』

二〇九、喜异之识，苦节无恒

惊奇喜异者，无远大之识；苦节①独行者，非恒久之操。

注释 ①苦节：苦苦地持守某种节操。

译文 喜欢标新立异、怪诞不经的人，没有远大的见识；苦苦恪守名节、特立独行的人，无法保持长久节操。

评点 惊奇喜异的人好高骛远，不重视日常的言行。这种人一立志就走极端，自苦甚至自虐，而不能脚踏实地。因为他们的目标和做法都过于荒诞怪异，结果一定是半途而废，成为人们的笑柄。孔子把这种行为叫作『索隐行怪』，认为这样虽然可以欺世盗名，但君子是不会这样做的。

二二〇、震聋发聩，保持清醒

念头昏散①处要知提醒，念头吃紧时要知放下，不然恐去昏昏之病，又来憧憧②之扰矣。

注释 ①昏散：昏沉散乱。②憧憧：生灭来去不定。

译文 感到昏沉纷乱时，要知道提醒自己；念头烦乱时，要懂得放下一切。否则恐怕刚刚摆脱昏沉纷乱的毛病，又受到思绪烦乱的困扰。

评点 观心的要领是既不能昏沉散乱，也不能过分紧张，就像乐器的弦，太松了无法成调，太紧了又会绷断。学会在生活和工作中观心，借以随时调整自己的念头和情绪，会使生活质量和工作效率有很大的提高，也会使自己达到更高的精神境界。

二二一、辨别是非，认识大体

毋因群疑而阻独见，毋任己意而废人言；毋私小惠而伤大体，毋借公论以快①私情。

注释 ①快：满足、发泄。

译文 不要因为多数人的怀疑而放弃自己的独到见解，不要因为个人好恶和固执己见而忽视别人的良言；不要因为个人的小恩小惠而伤害整体利益，不要借助公众舆论来使自己感到痛快。

评点 读这段话，不要只是粘着于事物的相对性，要权衡两端而用其中之类，而注意是否识大体，顾大局。只有在识大体，顾大局的基础上，才可能既坚持自己独到的见解又不固执己见，既不因小私小惠而伤大体，又不借公众的舆论而徇私情。如果做不到这一点，而只是事事折中，难免因小失大。

二二二、暗室磨练，临深履薄

青天白日①的节义②，自暗室漏屋③中培来；旋乾

转坤的经纶，自临深履薄④处缲⑤出。

注释

①青天白日：比喻光明磊落。

②节义：节操与义行。

③暗室漏屋：指无人处。

④临深履薄：面临深渊，脚踏薄冰。比喻人做事特别小心谨慎。

⑤缲：同『缫』，抽茧出丝，此处做整理、领悟解。

译文

青天白日般节操与义行，是在暗室和漏屋中培养出来的；治国平天下的韬略，是从如临深渊、如履薄冰的行为中总结出来的。

评点

『不经一夜寒彻骨，哪得梅花扑鼻香？』自古立德立功，实现不朽的人，都是刻苦修身的人。比如把孔子之道传下来的曾子说：『我每天多次反省自己：替人家谋虑是否不够尽心？和朋友交往是否不够诚信？传授的学业是否不曾复习？』即使在独处的时候也『如临深渊，如履薄冰』，而且一直到死都是这样。正是这一点成就了他高尚的道德和品格，为他的传道事业奠定下坚实的基础。

二二三、分清功过，勿显恩仇

功过不容少混，混则人怀怠惰①之心；恩仇不可太明，明则人起携贰②之志。

注释

①怠惰：懈怠懒惰。

②携贰：怀有二心或疑心。

译文

对于功劳和过失，不可以有一点含混不清，如果含混不清，就会使人心灰意懒，不求上进；对于恩惠和仇恨，不可表现得太分明，假如表现得太分明，就容易使人离心离德。

评点

赏是使人努力的诱因，罚是对努力的促进，如果没有这两者，人们的工作就会缺乏热忱，甚至消极怠工。一两个人这样或许还不要紧，如果整个群体乃至整个社会都是这样，那这个集体或社会就会陷于停滞不前的状态。所以为官者一定要放下个人的亲疏恩怨，一切从整体利益出发，这样才能把大家拧成一股绳，而共同奋斗。

二一四、位盛危至，德高谤兴

爵位①不宜太盛，太盛则危；能事不宜尽毕，尽毕则衰；行谊②不宜过高，过高则谤兴而毁来。

注释

①爵位：官位。君主时代把官位分公、侯、伯、子、男五等爵位。

②行谊：品行。

译文

官位不应该太高，如果太高，就会使自己陷于危险状态；才干不应一下子都发挥出来，如果都发挥出来，就会处于衰落状态；品行和节操不应该过高过洁，如果过高过洁，就会惹来毁谤和中伤。

评点

官位太高、本事太大、品行超过一般人太多，都容易惹人猜疑和妒忌，给自己带来灾祸。汉初三杰帮刘邦打下天下后，萧何下狱，韩信被杀，张子房退而学仙，就是明显的例子。所以人在社会中生活，到任何时候都要知进知退。

二二五、以德御才，德主才奴

德者才之主，才者德之奴。有才无德，如家无主而奴用事矣，几何不魍魉①猖狂②！

注释

①魍魉：精灵怪物，比喻小人情态。

②猖狂：肆无忌惮。

译文

品德是才学的主人，才学是品德的奴隶。一个人假如只有才学而没有品德修养，就等于一个家庭没有主人而由奴仆当家，这样的话，鬼怪哪能不肆意侵害呢？

评点

德要胜于才，才要为德所用，这样的人才是君子，才能利人利己。如果反过来，才胜于德，德为才所用，那就成了小人，他的才能也就成了为奸作乱的本钱，这样不但会为害社会，最终也会为害自己。

二二六、锄奸杜幸，穷寇勿追

锄奸杜①幸②，要放他一条去路，若使之一无所容，譬如塞鼠穴者，一切去路都塞尽，则一切好物俱咬破矣。

注释

①杜：阻止。

②幸：用不正当手段谋取了高职位的人。

译文

铲除奸恶之徒，杜绝以不正当手段谋取高位的现象，要给他们留一条改过自新的路。如果逼得他们毫无立足之地，那就像在堵塞鼠穴时把一切逃路也都堵死，一切完好的东西都会被老鼠咬坏。

评点

除恶的方式有很多种，不能一概而论，而要根据具体情况，权衡利弊，作出最适当选择。对奸佞小人和贪官污吏依所犯事实，进行关、审、判、惩，如果不讲策略，难免遭到对方的反噬。

二二七、共经患难，不共安乐

当与人同过，不当与人同功，同功则相忌；可与人共患难①，不要与人共安乐，安乐则相仇。

注释

①患难：忧患、灾难。

译文

应当与别人共同承担过失，不应当与别人共享功劳，因为共享功劳就会彼此猜忌；可以与别人共患难，不要与别人共安乐，因为与别人共安乐就会彼此仇视。

评点　与人同过而不同功，共患难而不共安乐，既是韬光养晦、赢得人心的策略，也是一个人高尚风格和良好修养的表现。可是从古到今，能够同享安乐共受富贵的例子不多，倒是兄弟相煎，君臣猜忌，父子操戈的例子俯拾皆是。功名富贵恰似过眼云烟，我们应该学会保持清醒的头脑，防患于未然。

二二八、功名一时，气节千载

事业文章随身消毁，而精神万古如新；功名富贵逐世转移①，而气节千载一日②，君子信不当以彼易此也。

注释　①逐世转移：随着时代而变化。

②千载一日：千年有如一日，比喻永恒不变。

译文　事业和文章会随着人的死亡而消泯，只有精神才能万古不变；功名富贵会随着时代的变迁而变迁，忠臣义士的志节才会永远留在人间。君子千万不应该把两者的位置摆颠倒了。

评点　功名一时，富贵难久，而精神不死，气节千秋。试看春秋五霸、战国七雄，虽然当时风光得很，却早已成了过眼云烟。而孔子虽然没有君位，但他的学说和人格却越来越为人们所景仰，所学习。所以一个人不论何时何地，都应努力培养和保持高尚的精神品格。

二二九、自然造化，智巧不及

鱼网之设，鸿①则罹②其中；螳螂之贪，雀又乘其后③。机里藏机，变外生变，智巧何足恃哉！

注释

①鸿：雁中最大的一种，俗称天鹅。

②罹：遭。

③螳螂之贪，雀又乘其后：比喻人只见到眼前的利益而忽略了背后的灾祸。《说苑·正练篇》：『园中有树，其上有蝉，蝉高居悲鸣饮露，不知螳螂在其后也，螳螂委身曲欲取蝉，而不知黄雀在其傍也。』

译文 本来是张网捕鱼，不料鸿雁竟偶然落在网中；贪婪的螳螂一心想吃眼前的蝉，不料后面却有一只黄雀想要吃它。玄机中还有玄机，变幻中又会发生另外的变幻，人的智巧计谋又有什么可仗恃的呢？

评点 『智巧何足恃』并不是说任凭大自然摆布，而是说任何事物都不是孤立存在的，往往牵一发而动全身，使人用尽心思仍一无所得，甚至『机关算尽太聪明，反误了卿卿性命』。所以最好是像孔孟主张的那样，『尽人事而听天命』。

二三〇、真诚为人，圆活处世

作人无点真恳念头，便成个花子①，事事皆虚；涉世无段圆活机趣，便是个木人，处处有碍。

注释

①花子：乞丐的俗称。

译文

做人没有一点真情实意，就成了一无所有的乞丐，事事都是虚诳；待人接物如果没有些圆转灵活的机趣，就是一个没有生命的木头人，处处都有妨碍。

评点

做人要外圆内方。『真恳念头』即方，是为人之本；『圆活机趣』即圆，为处世之道。华而不实的人容易赢得别人的好感，但绝不会长久；内心诚恳的人开始或许不会给人以深刻的印象，但随着时间的推移，人们对他会越来越信任和友善。

二三一、躁急招损，操切难化

事有急之不白者，宽①之或自明，毋躁急以速其忿；人有操之不从者，纵之或自化②，毋操切以益其顽。

注释

①宽：舒缓。

②自化：自己觉悟。

译文

有的事情越急于辩白就越难辩白，宽下心来放一放，或许自然就清楚了，千万不要急躁，使他更加恼怒；有的人指挥不动，放开不管，或许会慢慢觉悟，千万不要操之过急，使他更加顽固。

评点

一个人不论做任何事，都不能操控太过、性子过急，这样往往适得其反。就像树上的果实，不到成熟的时候就不要摘下来，否则尝不到好的味道。所以为人做事既要有诚心又要有耐心，既讲方法又讲时机。

二三六、见素抱朴，趋善向德

交市人不如友山翁①，谒朱门②不如亲白屋③，听街谈巷语不如闻樵歌牧咏，谈失德过举不如迷古人看嘉言懿行。

注释

①山翁：此指隐居山林的老人。

②朱门：本指红色的大门，比喻富贵之家。

③白屋：没有功名和地位的平民百姓人家。

译文

结交市井之人，不如结交隐居山野的人；巴结富贵豪门，不如亲近平民百姓；谈论街头巷尾的是非，不如多听一些樵夫的民谣和牧童的成圣成贤，在学问上也要扎实刻苦，学有所成。可惜很多人不肯努力修德，总是拿外在的东西来浮夸，在修养和学问上也是为了给别人看。看了上面的两句话，这种人应该猛省了。

一二四、宁可信人，不可疑人

信人①者，人未必尽诚，己则独诚矣；疑人②者，人未必皆诈，己则先诈矣。

注释

①信人：信任别人。

②疑人：怀疑别人。

译文

肯信任别人的人，虽然别人未必完全诚实，自己却先做到了诚实；常怀疑别人的人，别人虽然未必都虚伪狡诈，自己却先成了虚伪狡诈的人。

评点

诚实的人宁信人而不疑人，虽然有时会吃一点小亏，但从道德上和长远利益看，他赚了，因为大家都会信任他，甚至成为他的朋友。虚诈的人宁疑人而不信人，虽然防卫精严，不敢欺骗他，但是从道德和长远利益看，他赔了，因为大家都不信任他，不敢与他交往，使他孤立无援。可见诚信是做人的根本原则，虚诈是做人的根本大忌。

二二五、恩威并用，渐入佳境

恩宜自淡而浓，先浓后淡者，人忘其惠①；威自严而宽，先宽后严者，人怨其酷②。

注释 ①惠：恩惠。

②酷：冷酷，暴虐。

译文 施人恩惠要先从淡薄逐渐浓厚，假如先浓厚后淡薄，就容易使人忘怀这种恩惠；树立威信要先从严而逐渐变宽，假如先宽后严厉，那么人就会怨恨你冷酷无情。

评点 令人如同倒食甘蔗，自然渐入佳境；令人感到先甜后苦，自然招致怨恨。但这主要不是技巧问题，而是品德修养问题，如果只当作技巧问题看，那就错得太远了。

二二六、识透人情，超然物外

我贵而人奉之，奉此峨冠大带①也；我贱而人侮之，侮此布衣草履②也。然则原非奉我，我胡③为喜？原非侮我，我胡为怒？

注释 ①峨冠大带：比喻官位。

②布衣草履：喻出身贫贱穷苦。

③胡：疑问副词，为什么。

译文 因为我有权势而奉承我，实际上是在奉承我的官位官服；因为我贫穷低贱而轻视我，实际上是轻视我的布衣和草鞋。既然如此，这些人原本不是奉承我，我为什么要不高兴呢？原本不是轻视我，我又为什么要生气呢？

评点 这段话说得真是一针见血，入木三分，不但看透了人情冷暖，更表现出处世的明智和超然。与其埋怨别人趋炎附势，不如心境两空，超然物外，否则正说明自己势利之心未泯，怎么能八风不动？

二二七、惺惺寂寂，互相调剂

无事时心易昏冥①，宜寂寂②而照以惺惺③；有事时心易奔逸，宜惺惺而主以寂寂。

注释 ①昏冥：昏昧。

②寂寂：虚静。

③惺惺：清醒。

译文 闲居无事时，心容易昏沉，这时应该在寂静无念中用清醒的心来观照；有事忙碌时，心容易奔驰或逃逸，这时应该在清醒的观照中以寂静无念为主。

评点 这是联系生活和工作而对禅宗『惺惺寂寂是，惺惺妄想非；寂寂惺惺是，寂寂无记非』所作的注脚。惺惺太过以至于妄想纷飞，就难以明察和控制，做事未免欠妥；寂寂太过以至于昏昧无知，就难以振奋精神，又无法应事。所以要『寂寂而照以惺惺』、『惺惺而主以寂寂』，这样就能达到和保持到中和状态。

二二八、置身事中，超然物外

议事者身在事外，宜悉利害之情；任事①者身居事中，当忘利害之虑。

注释 ①任事：负责某种事务。

译文 评论事情得失的人超然于事外，应该全面了解事情的具体利害；担当事务的身在事中，应该暂时忘记对利害的具体考虑。

评点 俗话说『当局者迷』，因为他们身在事中，容易陷于一时或局部的利害，需要有超然事外的眼光；又说『旁观者清』，因为他们往往不了解具体情况，需要设身处地，调查研究，否则议事很难中肯。一个领导者既要有任事的投入精神，又要有议事者的超然态度。

二二九、操守要严，态度要和

士君子处权门要路①，操履②要严明，心气要和易。毋少随而近腥膻③之党，亦毋过激而犯蜂虿之毒④。

注释

①权门要路：指官场上那些有权有钱的部门或岗位。

②操履：操守和行事。

③腥膻：比喻坏人。

④蜂虿之毒：比喻人心险恶毒。虿，蝎科毒虫名。

译文

君子身居实权的地位和重要的岗位，必须操守严谨，言行磊落，气度宽宏而平和，既不要稍微附和营私舞弊的奸邪之辈，也不要因偏激而触怒那些阴险狠毒的小人。

评点

仕途是人际关系最复杂、利害争夺最厉害、互相倾轧最严重的地方，既需要清正严明的原则立场，又需要一套高超的为人处世的艺术。尤其与那些贪官污吏打交道，如果只讲原则而不讲方法和态度，往往会导致主观本意与客观效果不一致的结果，所谓『操履要严明，心气要和易』，即《周易》所谓『远小人，不恶而严』。

二三〇、世道坎坷，耐心撑持

语云：『登山耐侧路，踏雪耐危桥。』一『耐』字极有意味。如倾险之人情，坎坷之世道，若不得一『耐』字撑持过去，几何不堕入榛莽①坑堑②哉！

注释

①榛莽：杂木丛生、草木深邃的地方。

②坑堑：有大坑和深沟的险处。

译文

俗语说：『登山要耐得住斜坡上的考验，走雪路要耐得起过危桥的惊险。』这个『耐』字意味深长。正像是险诈奸邪的人世情，坎坷不平的人生路，假如没有这一个『耐』字苦撑下去，有几人会不堕落到杂草丛生的深沟里呢？

评点

山本来是陡的，而路又是斜的；桥本来是危的，而又要踏着雪过去。用这话形容世道之坎坷、人情之奸险，实在是极妙。在这样的世路中行走，只要稍有不耐就难以把握好自己，而一旦失足就太危险了。在这种情况下，一个『耐』字堪称妙诀。

一三二、忙里偷闲，闹中取静

忙里要偷闲，须先向闲时讨个把柄①；闹中要取静，须先从静处立个主宰。不然未有不因境而迁②，随事而靡③者。

注释

①把柄：把握。

② 因境而迁：随着环境的变化而变化。

③ 随事而靡：随事物的变化而失败。

译文

忙碌时要设法抽出一点空闲，而这需要在闲时就讨到这个把柄；喧闹中要保持冷静头脑，而这必须在心情平静时就有这个能力。不然的话，一旦遇到事情就会手忙脚乱，被事情牵着走，结果是把事情弄得一团糟。

评点

忙碌时谁不想抽时间喘一口气？喧闹中谁不想静下一时，以安定身心？但你得有这样的能力，而这样的能力不是临时从天上掉下来的，而是平时用功修养得来的。只有平时修养功深的人才能再忙再闹也不会乱，心仍是安静悠闲的，所以说要向闲时讨把柄，静时立主宰。

二三八、尽心知性，并立天地

不昧己心，不尽人情，不竭物力，三者可以为天地立心①，为生民立命②，为子孙造福。

注释

① 为天地立心：为整个天下树立雄心壮志。

② 为生民立命：为百姓而遵奉天命。

译文

不蒙蔽自己的良心，不穷尽别人的情面，不过分使用物力，假如能做到这三件事，就具备了为天地树立善良的心性，为万民创造不息的命脉，而为后世子孙创下幸福基础的基本条件。

评点

不昧自己的良心是忠，是尽自己的本性，可以为天地立心；

不穷尽别人的情面是恕，是尽他人的本性，可以为生民立命；不过分使用物力是推及万物，是尽万物之性，可以为子孙造福。一个人能做到这三点，就可以助成天地的化育，而与天地并立了。

一二三、处富恰贫，居安思危

处富贵之地，要知贫贱的痛痒①；当少壮之时，须念衰老的辛酸。

注释

①痛痒：比喻痛苦。

译文

处于富贵的地位，要了解贫贱人家的痛苦；在年青力壮的时期，要想到年老体衰时的悲哀。

评点

一些人一旦有了权势，便趾高气扬，开始当官做老爷，而不思为民造福；一旦富有，便似乎身价百倍，骄奢淫佚，看不起他人。俗话说『三贫三富过到老』，世上一切无常，谁也不能保证永保权势和财富。所以在台上要想到下台后，富有时要想到贫穷时，就像年轻时要想到年老时一样。

一二四、老当益壮，大器晚成

日既暮而犹烟霞绚烂，岁将晚而更橙橘芳馨①，故

末路晚年，君子更宜精神百倍。

注释

①芳馨：香气袭人，散发很远。

译文

夕阳西下时，天空的晚霞是那么灿烂夺目；深秋季节，金黄色的柑桔吐露扑鼻的芳香。所以到了晚年，君子更应振作精神，奋发有为。

评点

人到晚年固然有夕阳黄昏之叹，但如果能『老当益壮』，『老骥伏枥』，那将更加显得辉煌。作家王蒙以八十高龄仍然笔耕不止，而且兴趣广泛，生机勃勃，人称『高龄少年』，就是一个好例子。只要有精神追求和理想抱负，即使在老年也可以成就伟大的事业。

一三五、藏才隐智，任重致远

鹰立如睡，虎行似病，正是它攫人①噬人②手段处。故君子要聪明不露，才华不逞，才有肩鸿③任钜的力量。

注释

①攫人：鸟兽用爪或翼取物。

②噬人：啃咬吞食。

③肩鸿：担负重大责任。

译文

老鹰站在那像睡着了，老虎走路时像有病的样子，但这正是它们准备捉人吃人前的手段。所以，君子要做到不炫耀聪明，不显露才华，这样才会有肩负重大使命的毅力。

评点 老子说：大智若愚，大巧若拙，大辩若讷，大成若缺，乃至大象无形，大音稀声，等等，都说明外露的聪明不是大智慧，夸耀的才能不足挂齿。『良贾深藏若虚，君子盛德容貌若愚。』真正聪明和有才学的人只会藏才隐智，以免招惹是非，导致祸患，为以后的大业积攒力量。

一三六、名位声华，不可贪恋

饮宴之乐多，不是个好人家；声华之习胜，不是个好士子①；名位之念重，不是个好臣子。

注释 ①士子：指读书人或学生。

译文 经常宴饮作乐，不是一个正派人家；习惯于靡靡之音和华丽艳服，不是一个正派书生；名利权位观念太重，不是一个好官吏。

评点 官员出于书生，而书生出于人家，所以依次谈到人家书生和官员。人家最坏的习惯是经常宴饮作乐，书生最坏的习惯是喜欢声色和华服，官员最坏的习惯是贪恋名位，所以依次谈到这三种坏习惯。《大学》说物有本末，事有终始，知道它们的先后才近于道，以上这段话确实近于道了。

一三七、苦乐观点，高下有别

世人以心肯①处为乐，却被乐心引在苦处；达士以心拂②处为乐，终为苦心换得乐来。

注释 ①心肯：心中肯定，指符合心愿。

②心拂：心中否定，指违背心愿。

译文 世人都认为能满足心愿就是快乐，却常常被求快乐的心引诱到痛苦中；通达的人以经受各种横逆和磨难为乐，最终却用苦心换来了更大的快乐。

评点 顺心处之乐，违心处之苦，人人都知道；顺心处之苦，违心处之乐，几个人知道？

一三八、冷静观人，理智处世

冷眼观人，冷耳听语，冷情当①感，冷心思理。

注释 ①当：面对。

译文 要用冷静的眼光观察人，用冷静的耳朵听别人的话，用冷静的心情处理感情，用冷静的头脑去思考其中的道理。

评点 只有情冷才能心静，从而眼、耳、心、脑都会清净下来，如果过于热衷，那就容易散乱乃至冲动了。冷静有助于思考的精深和判断的准确，没有一个冷静的心态，理智思维是难以建立起来的，所以这一节一连用了四个『冷』字。

一三九、恶不即就，善不即亲

闻恶不可就恶①，恐为谗夫②泄怒；闻善不可即亲，恐引奸人进身。

注释

①就恶：立刻厌恶。

②谗夫：用流言来陷害他人的小人。

译文

听到人家有缺点、错误或做了坏事，不可以马上就起厌恶之心，恐怕这是谗佞小人泄愤；听到人家有善行，不要立刻亲近他，恐怕使奸人得以接近自己。

评点

识人用人，要冷静观察，深入思考，慎重行事。在这方面，孟子的名言可以作参考：『左右都说他贤能，不行；众大夫都说他贤能，还不行；即使全国的人都说他贤能，也还要加以考察，发现他确实贤能，这才可以任用。左右都说他该杀，不要听信；众大夫都说他该杀，也不要听信；全国的人都说他该杀，也还要加以考察，发现他确实该杀，这才可以杀他。』

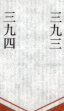

二四〇、性躁无功，平和徼①福

性躁心粗者一事无成，心和气平者百福自集。

注释 ①徼：求。

译文 性情急躁、粗心大意的人，连一件事都做不成功；性情温和、心绪平静的人，各种福泽会自己聚集。

评点 《大学》说：『知止而后有定，定而后能静，静而后能安，安而后能虑，虑而后能得。』这里的止、定、静、安、虑、得，是为人处事的重要训练。只有经过这种训练的人才不会心浮气躁，因为做事莽撞而功败垂成，才能平心静气，思虑周详，左右逢源。

二四一、用人忌刻，交友忌滥

用人不宜刻，刻则思效者去；交友不宜滥①，滥则贡谀②者来。

注释 ①滥：轻率，随便。

②贡谀：说好话，逢迎讨好。贡即贡献，谀是阿谀。

译文 用人要宽厚而不可太刻薄，太刻薄就会使想为你效力的人离去；交友不可太浮泛，如果这样，那些善于逢迎谄媚的人就会来到你的身边。

评点 领导者总是需要有人辅佐，如果为人过于刻薄，他本身就是一个小人，君子就远离他了。领导者又总有阿谀奉承的小人设法接近，如果交友过滥，身边就只会为小人所围绕。君子远离而为小人围绕，这样的领导者的前途可想而知。

二四二、居官居乡，仪范不同

士大夫居官不可竿牍无节①，要使人难见，以杜巨端②；居乡不可崖岸太高③，要使人易见，以敦旧好。

注释

①竿牍无节：像简牍那样不分节目。竿与『简』通，竿牍就是简牍，就是书信。

②巨端：大端，指非分幸进之类。

③崖岸太高：比喻性情高傲，令人不敢接近。

译文

一个人做官的时候，对于求荐的书信不能无节制地收揽，要使有所求的人难以见面，用以杜绝非分幸进之类大事；闲居田园，架子不可太大，要使家乡父老容易见面，以便敦睦过去的感情。

评点

人在不同的场合、对待不同的人，往往容貌、神态、言行都应该有所不同。孔子在本乡的地方上显得很温和恭敬，像是不会说话的样子；在朝廷上，则态度恭敬而有威仪，不卑不亢，敢于讲话；在国君面前，温和恭顺，庄重严肃又诚惶诚恐。这些都是很好的例子。

二四三、善择参照，巧调心态

事稍拂逆①，便思不如我的人，则怨尤自清；心稍怠荒，便思胜似我的人，则精神自奋。

注释 ①拂逆：不顺心、不如意。

译文 事情稍微违背心愿，就应该想想那些不如自己的人，这样怨天尤人的情绪就会自然消失；心气稍微懈怠荒废，要想想比自己强的人，这样精神就会自然振奋起来。

评点 人为什么会觉得自己比别人强？为什么觉得自己的境遇不如别人？那是在才德上与不如自己的人比较、在境遇上与好于自己的人比较的缘故。如果相反，在才能上与强于自己的人比，在境遇上与差于自己的人比，感觉就会相反。所以在调整自己的心态上，参照物的选择起着至关重要的作用。通过选择参照物来调整自己的感受，是一种重要的人生智慧。

二四四、言而有信，恒心如一

不可乘喜而轻诺，不可因醉而生嗔①，不可乘快而多事，不可因倦而鲜终②。

注释 ①生嗔：生气，发怒。

②鲜终：很少有始有终。

译文　不要乘着高兴而轻易许下诺言，不要乘着酒醉而乱发脾气，不要乘着一时快意而惹事生非，不要因为疏懒而使事情有始无终。

评点　这一节总起来说，就是为人做事要有一定之规，而不要情绪化。轻诺必寡信，酒后易失言，倦怠不了事，兴至无遮拦，都是人们易犯的毛病，必须小心防止。

二四五、下愚可教，中才难与

至人何思何虑，愚人不识不知，可与论学，亦可与建功；唯中才之人，多一番思虑知识，便多一番臆度①猜疑，事事难与下手。

注释　①臆度：推测、计算。

译文　至人还有什么可思虑的？愚鲁的人既没有见识也没有学识，这两种人都可以和他们讲学问，也可以和他们共建功业。唯独那些天赋中等的人，知识和思虑太多，臆测和猜疑心极重，事事都难与他一起着手。

评点　至人已经一切明了，不需要再思虑，这样的人智慧广大，当然没有问题；愚人无知无识，所以能听从和相信别人，这样也就好办了。而中等才能的人，什么都知道一点却没有远见卓识，自以

为是而不能信从正确的意见，所以学问上难以沟通，事业上难以合作。

二四六、守口如瓶，防意如贼

口乃心之门，守口不密，泄尽真机；意乃心之足①，防意不严，走尽邪蹊②。

注释

①意乃心之足：形容心体是意识的统帅，意识是心体的作用。

②邪蹊：指不正当的小路。

译文

口是心灵的大门，假如大门防守不严，内中机密就会全部泄露；意识是心的双脚，防备意识不严，会走尽所有的邪路。

评点

谚语说『病从口入，祸从口出』，《周易》说『君不密则失臣，臣不密则失身，几事不密则害成』，都是讲守口如瓶的重要性。但只是防口其实还不够，还要防自己的意。只有意地清净的人，才是没有丝毫邪僻的人。佛教戒律有身、口、意三个层次，而以心戒为根本，只要心动即是犯戒，原因就在这里。古人有『防意如贼』的说法，不妨铭记在心。

二四七、无有了时，得休便休

人肯当下休，便当下了。若要寻个歇处，则婚嫁虽完，事亦不少；僧道虽好①，心亦不了。前人云：『如今休去便休去，务觅了时无了时。』见之卓矣。

注释

①僧道虽好：指僧人和道士生活的清静无扰。

译文

人要是想当下罢手，就应该立即罢手。如果想找个更好的时机，那就像儿女虽然结了婚，以后的事情还是很多；就像僧人道士，身边虽然清静，七情六欲却未必完全除灭。古人说：『现在能罢休就赶紧罢休，一定要找个合适的机会，就没有合适的机会了。』这真是极高明的见解。

评点

《红楼梦》中有一首《好了歌》说：『世人都晓神仙好，只有金银忘不了！终朝只恨聚无多，及到多时眼闭了。世人都晓神仙好，只有娇妻忘不了！君生日日说恩情，君死又随人去了。』因为『忘不了』，所以『事不了』，神仙再好也是白好。对世间的事物的贪恋正如缚人的绳索。

二四八、知足常乐，善用因缘

本来眼前事，知足者仙境，不知足者凡境；总出世上因，善用者生机①，不善用者杀机②。

注释

①生机：有利因素。

②杀机：有害因素。

译文 眼前的事情只是那样，却对知足的人是仙境，对不知满足的人却是俗境；世上的事物是因缘和合而生，善于运用就是生机，不善运用就是杀机。

评点 人们最常犯的错误之一，是以为事物本身有真假、善恶、美丑，而不知道事物这些判断不属于事物本身，而来自人。比如观点是由观察的立足点决定的，看法是由看的方式决定的。所以不要为事物所羁绊，而要善于利用事物的因缘，得到正确的看法，求得自己希望的结果。

二四九、退步宽平，清淡悠久

争先的径路窄，退后一步自宽平一步；浓艳①的滋味短，清淡一分自悠长一分。

注释 ①浓艳：此指好胜逞强。

译文 争强好胜的人道路很窄，假如能退后一步，自然宽阔平坦一步；过浓的味道、妖艳美色不耐寻味，只要能清淡一分，就会觉得滋味悠长一分。

评点 径路本是小路，即非光明大路，可是还要争行，这样就更窄了。后退一步所以宽平一步，是『后其身而身先』的缘故。为什么忽然说到浓艳的滋味？因为人们之所以争，都是为了浓艳的滋味。

能清淡才能不争径路，才能道路宽平而滋味也悠长。

二五〇、居安思危，处进思退

进步处便思退步，庶免触藩之祸；着手时先图放手，才脱骑虎之危①。

注释 ①骑虎之危：比喻做事无法停下的危机。

译文 顺利进展时，就应该有抽身后退的准备，以免将来像山羊角夹在篱笆里一般，把自己弄得进退两难；刚开始做一件事时，就要预先策划好在什么情况下应该罢手，这样才不至于像骑在老虎身上一样，形成无法控制的局面。

评点 进步与退步、着手与放手，分别是行走江湖、成就事业的两个抓手，一定要同时抓住。也就是凡事一着手就要想到最坏的可能，以早作准备，防患于未然，以免进退两难而又骑虎难下的尴尬局面。

二五一、静明躁昏，静为躁君

时当喧杂，则平日所记忆者，皆漫然忘去；境在清宁，则夙昔所遗忘者，又恍尔①现前。可见静躁稍分，昏明顿异也。

注释

①恍尔：恍然、忽然。

译文

每当周围环境喧嚣杂乱时，平日所记忆的事物就会忘得一干二净；每当周围环境安静时，以前所遗忘的事物又会忽然浮现在眼前。可见浮躁和宁静只要稍有区别，昏暗和明朗就会迥然不同。

评点

水静则平稳清澈，像镜子一样无物不照，毫发毕现；动则就混浊而激荡，什么也照不清楚。人心也是这样，或静或躁，不是导致清明就是导致昏昧，结果迥然不同。老子说静为躁君、静胜躁，可见只有先做足静的功夫，到动的时候才能清明而不昏昧。

二五二、热中须冷，冷处须热

热闹中着一冷眼，便省许多苦心思①；冷落处存一热心，便得许多真趣味②。

注释

①苦心思：苦心的思虑。

②真趣味：符合道义和人性的趣味。

译文

只要在热闹之中能用冷眼观察，就可以减少很多苦用的心思；只要在穷困潦倒时保持热心处世，就可以获得很多真正的乐趣。

评点

人对世事不可太热衷，否则心中利害交争不已，不但为自己带来痛苦，也会为众人造成伤害，增加烦恼。但冷静与超脱也不可太过，如果到了与世隔绝不食人间烟火的地步，自己未必快乐，别人却视为怪物。过犹不及，凡事不能一边倒，而应该权衡两端而采取中道。

二五三、素位风光，安乐窝巢

有一乐境界，就有一不乐的相对待；有一好光景，就有一不好的相乘除①。只是寻常家饭，素位②风光，才是个安乐的窝巢。

注释

①乘除：彼此消长。

②素位：现有的地位、本分。

译文

有一个快乐的境界，就有一个不快乐的事物相对应；有一个美好的光景，就有一个不好的风光来抵消。可见有乐必有苦，有好必有坏，只有平平常常安分守己才是快乐的根本。

评点

世上的一切都是成对存在的，并且成对的东西总是互相抵消，不可能只要一个而不要另一个，只要加法而不要减法。顺应规律，安于本分，满足于寻常的家饭，才能归家稳坐安乐窝，而不至于一直流浪下去。

一二五四、天地大美，闲中静观

林间松韵，石上泉声，静里听来，识天地自然鸣佩①；草际烟光②，水心云影，闲中观去，见乾坤最上文章。

注释 ①鸣佩：古代达官贵人和仕女常把美玉系于衣带上作饰物，行走时玉石互相碰撞发出清脆的声响。

②烟光：迷蒙的景色。

译文 山林里的松声，岩石上的泉水，静心听来，能体会到天地间自然的乐章；江边芦苇云雾缭绕，彩云倒映水中，悠闲地看去，能发现造物者的无上文章。

评点 人人知道琴瑟笙管能奏出音乐，却不知道松韵泉声是天地间最美的乐章；人人知道笔墨能写出文章，却不知道烟光云影倒是造物者的最妙的文章。其原因在哪里？在于能否『静里听来』、『闲中观去』。静与闲产生距离，而距离产生美，这是审美的奥秘之一。

一二五五、见微知著，守正待时

伏久者飞必高，开先者谢独早。知此，可以免蹭蹬①之忧，可以消躁急之念。

注释 ①蹭蹬：困顿，不得志。

译文

隐伏很久的鸟，飞起来会飞得很高；开得早的花，也必然谢得很快。人只要能明白这个道理，就可以免除怀才不遇的忧虑，也可以消解急于求取功名利禄的念头。

评点

要想成就一番事业，必须坚忍地等待时机，而不能因为时间的消磨而灰心。急于露头角就难于成气候，急功近利不足成大事。古往今来功成名就者，虽有很多少年英雄，也有不少大器晚成者。只有守正而待时，善于志向坚定而又抓住机会，才有可能走向成功。

一二五六、不住即佛，不可压念

今人专求无念，而终不可无。只是前念不滞，后念不迎，但将现在的随缘①打发得去，自然渐渐入无。

注释

①随缘：随着外在事物的因缘聚散而行事，顺其自然而不加勉强的意思。

译文

如今的人一心想要做到心中没有念头，却始终做不到。其实只要使前面的念头不滞留，对后面的念头不迎接，只是随缘做好目前的事情，自然会渐渐达到无念。

评点

唐代卧轮禅师自得地作偈：『卧轮有伎俩，能断百思想，对境心不起，功夫日日长。』禅门六祖惠能大师知道了，也作一偈：

『惠能没伎俩，不断百思想，对境心数起，菩提作吗长？』

佛性真空，谈不到伎俩；思想不能断，断了佛性的作用从何体现？菩提即佛性，亘古如斯，没有什么长不长。所以作功夫既不可住相，也不可压念，无住才是佛。

二三五七、心无取舍，道眼常明

大地中①方墒，人事中方洽，世界中方亭。以俗眼观，纷纷各异；以道眼②现，种种是常，何须分别？何须取舍？

注释 ①中：适中，不偏于一面。

②道眼：有道之人洞察一切，辨别真妄的能力。

译文 田地湿度适中才能种植，人事适中才能融洽，世界适中才端正。用世俗眼光去观察，就会感到变幻不定头昏目眩；用超世俗眼光去观察，才会发现其本质永恒不变。不论对人对物或对事，只须本着一体大公的精神平等对待，又何必分别取舍呢！

评点 分别取舍是俗人的病根。『道隐无名』，不可分别取舍；万事万物作为它的显现，也像道体一样不可分别取舍。住相而观，纷纷各异；在佛眼看来，一切是道。孔子说：『天下一致而百虑，殊途而同归，天下何思何虑？』

二五八、了心悟性，俗即是僧

缠脱①只在自心，心了则屠肆糟糠②，居然净土③。不然，纵一琴一鹤，一花一卉，嗜好虽清，魔障④终在。语云：『能休尘境为真境，未了僧家是俗家。』信夫！

注释

①缠脱：困扰与解脱。

②糟糠：酒滓，代指酒坊。

③净土：指佛国，例如西方极乐世界。

④魔障：妨害修道者。魔，梵语，意为障害。

译文

是被烦恼困扰还是得到了解脱，取决于自己的心。只要内心清净，即使生活在屠宰和酿酒的地方，也觉得是一片净土，否则，即使嗜好高雅，以一琴一鹤相，有花卉围绕，烦恼仍然会困扰你。佛家说：『能摆脱尘世就达到真如境界，否则即使住在寺院里，和俗人也没什么区别。』这的确是至理名言。

评点

净土岂在现世之外？只看你心清净与否。心能清净，这婆娑世界即是净土；心不清净，即使表面上再清净高雅，也还是俗人。尘缘只在尘缘了，清净只须心清净。

二五九、拙本巧末，大巧若拙

文以拙进，道以拙成，一『拙』字有无限意味。如桃源犬吠，桑间鸡鸣，何等淳庞①。至于寒潭之月，古木之鸦，工巧中便觉有萧瑟气象矣。

注释

① 淳庞：淳厚。

译文

不论写文章，还是修道养德，都要用拙的方法才有进步。一个『拙』字含有无穷奥义，恰如桃花源中的狗叫，阡陌间的鸡鸣，是多么淳和的景象！至于冷潭中所映出的月影，古树上所落下的乌鸦，看去虽然工巧，却显示出萧瑟凄凉的气象了。

评点

世人喜欢巧而厌恶拙，认为前者是聪明的表现，而后者是蠢笨的表现。其实拙为本，巧为末，所以巧只能从拙中求，并要大巧若拙，还要弃巧返拙，否则就会弄巧成拙。古谚有『读书之乐无巧门，不在聪明只在勤』、『自古巧物不坚牢，彩云易散琉璃脆』的说法，都是至理名言。

二六〇、以我转物，逍遥自在

以我转物者，得固不喜，失亦不忧，天地尽属逍遥；以物役我者，逆固生憎，顺亦生爱，一毫便生缠缚①。

注释

①缠缚：束缚、困扰。

译文

能以自己的心来支配事物的人，成功了固然不觉得高兴，失败了也不至于忧愁，因为广阔无边的天地到处都可悠游自在；以物为中心而受物欲所奴役的人，遭遇逆境时心中固然产生怨恨，处于顺境时又产生不舍之心，些许小事便会使身心受到困扰。

评点

人心之所以能转物，那是因为他的心在与事物的关系中居于支配地位，是自由自在的。人之所以为事物所奴役，那是因为他的心在与事物的关系中居于从属地位，是处处被系缚的。要想摆脱缠缚，达到自由自在，只有加强自我修养并达到相当的精神境界。

二六一、卓智多人，洞烛机先

遇病而后思强之为宝，处乱而后思平之为福，非圣智①也；幸福②而先知其为祸之本，贪生而先知其为死之因，其卓见乎！

注释

①圣智：圣人的智慧。

②幸福：此处指侥幸得到的福。

译文

只有在生过病之后，才能体会出健康的可贵；遭遇变乱之后，才会思念太平的幸福，这都不是高明的智慧；能预先知道侥幸获得的幸福是灾祸的根源，既爱惜生命而又通达有生必有死之理，才是真知卓见。

评点 那非圣智的，却是普遍的人情；那属卓见的，世上偏偏少有。『福兮祸所依，祸兮福所伏』，事物相对的两方面是互相转化的。能从相反的方面看到另一方面的可能，并洞烛机先的人，才称得上慧智。

二六二、学道力索，得道无为

绳锯木断，水滴石穿①，学道者须加力索；水到渠成，瓜熟蒂落，得道者一任天机②。

注释 ①绳锯木断，水滴石穿：汉代枚乘《谏吴王书》：『泰山之流穿石，殚极之便断干，水非钻石，索非锯木，渐磨之使然。』

②一任天机：完全听凭天命的本性和自然规律。

译文 就像绳子锯断木头，水滴洞穿石头，求道的人要努力求索；水流到就会成渠，瓜成熟就会蒂落，得道的人要听任自然。

评点 学道和得道虽然是同一个过程的不同阶段，但是在方式上却完全相反。老子说：『为学日益，为道日损，损之又损，以至于无为，无为而无不为。』但是如果不从有为、日益开始，就不能学道，而如果一直放不下有为和日益，又永远也不能得道。

二六三、生气常存，天地之心

草木才零落，便露萌颖①于根柢；时序虽凝寒②，终回阳气于飞灰③。肃杀之中，生生之意常为之主，即是可以见天地之心。

注释

①萌颖：萌芽、打苞。

②凝寒：极度寒冷。

③飞灰：中国古时置葭木灰于筒中，到冬至之时一阳来复，其灰自然飞去，用来定时序。

译文

花草树木刚刚凋谢，下一代新芽就从根部长出来；季节虽然在寒冬，温暖的春阳终究将要到来。秋天的杀气中，不息的生意常作主宰，由此可以看出天地的心志。

评点

有春必有秋，有生必有杀，但秋杀中却蕴含着天地生生之机，只不过需要等待时日罢了。《周易》说『天道盈虚，与时消息』，又说『君子尚消息盈虚』，所以我们对事物的把握不该徒重事情的表面现象，以一时的成败定结局，而要善于思考事物的变化，把握好再战致胜的机遇。

二六四、忙闲结合，张弛有度

人生太闲则别念①窃生，太忙则真性不见。故士君子不可不抱身心之忧，亦不可不耽风月②之趣。

注释 ①别念：杂念、邪念。

②风月：清风明月。或隐指男女情爱。

译文 人生太轻闲，杂念就会在暗中滋生；太忙乱，又会迷失纯真的本性。所以君子既不可以不怀有对身心的忧患，也不可以不享受清风明月的乐趣。

评点 人不能什么也不做，长久无所事事不但无趣，也丧失了人生的价值。但是也不可以过于劳碌，以至丧失了应有的乐趣。最好是找到事业与情趣的结合点，并做到闲忙结合，张弛有度，完满体现自己性情的各个方面。

二六五、顺逆齐观，欣戚两忘

子生而母危，镪①积而盗窥，何喜非忧也。贫可以节用，病可以保身，何忧非喜也。故达人当顺逆一视，而欣戚②两忘。

注释 ①镪：古时用来贯串钱币的绳索，此处作金银的代称。

②戚：忧伤。

译文　母亲生孩子，是一件很危险的事；积蓄金钱，容易引起盗匪的窥探，什么值得高兴的事不附带有危险？贫穷可以使人勤俭，疾病可使人学会保养身体，什么值得忧虑的事也不伴随着快乐？所以一个心胸开阔的人，应当对顺境和逆境一视同仁，从而自然忘掉欣喜和悲伤。

评点　在一定条件下，福可以转为祸，忧可能转为喜。能在失败中找到成功的因素，在成功中看到失败的危机，就可以忘掉喜忧祸福，而处处逍遥自在了。

一二六六、花看半开，履盈者戒

花看半开，酒饮微醉，此中大有佳趣；若至烂漫①酕醄②，便成恶境矣。履盈满者宜思之。

注释　①烂漫：色彩鲜艳。

②酕醄：形容烂醉如泥的样子。

译文　赏花以半开时为最美，饮酒以略带醉意为适宜，其中含有高妙的趣味；如果花到盛开、酒至烂醉，就成了坏的境界。事业达到颠峰状态的人，应该深思这两句话。

评点　月盈则亏，花开则谢，天道忌盈，人事惧满，做人做事要适可而止。往往事业初创时大家小心谨慎，而到成功之时，不仅骄奢之心来了，夺权争利之事也多了，结果危机也就伏下了。花看半开，酒饮微醉是持盈保泰的好方法。

二六七、根蒂在手，超凡入圣

人生原是一傀儡①，只要根蒂在手，一线不乱，卷舒②自由，行止在我，一毫不受他人提掇③，便超出此场中矣！

注释

①傀儡：原是一个木头做的假人，由真人躲在幕后用线来操纵其动作。

②卷舒：伸缩。

③提掇：牵引上下。

译文

人生本来就像一场木偶戏，只要能把控制木偶活动的线掌握好，就能进退自如，来去随意，丝毫不受他人或外物的操纵，就可以超然于戏场之外。

评点

人生像傀儡一样没有主宰能力，一切为因缘所左右。那么如何才能『根蒂在手，一线不乱』，从而『超出此场中』呢？只有经过长期而艰苦地自我修养，使凡人变成了圣人，傀儡变成了活人才有可能。

二六八、身在事中，心超事外

波浪兼天①，舟中不知惧而舟外者寒心；猖狂骂坐②，席上不知警而席外者咋舌③。故君子虽在事中，心要超事外也。

注释

①兼天：滔天，形容波浪极大。

②骂坐：漫骂同席的人。《史记·田蚡传》：『劾灌夫骂坐，不敬，系居室。』

③咋舌：惊吓得说不出话来的样子。

译文

波浪滔天时，坐在船中的人并不知道害怕，而站在船外的人却吓得胆破心寒；有人当众漫骂在座者的时候，同席的人并不知道警惕，而站在席外的人却会吓得目瞪口呆。所以君子即使被卷入事情之中，他的心也要超然于事情之外。

评点

虽在事中而心超事外，是要保持清醒的意思。『当局者迷，旁观者清。』『偏听则暗，兼听则明。』所以，除具有高尚的心性修养与超脱的应事态度之外，还要多了解实际情况，多听别人的意见。

二六九、素位而行，随遇而安

释氏随缘，吾儒素位，四字是渡海的浮囊①。盖世路茫茫，一念求全则万绪纷起，随遇而安则无人不得矣。

注释 ①浮囊：渡水用的气囊。

译文 佛家主张凡事随缘，儒家主张凡事都要按照本分去做，这『随缘素位』四个字是为人处事的秘诀，就像是渡过大海的浮囊。因为人生的路途是那么遥远，一要求尽善尽美就会引起很多忧愁烦恼，随其所遇而安于当下，才能处处悠然自得。

评点 凡事都要任运随缘，如果凭自己的主观努力而一意孤行，不但无法达成自己的意愿，而且会招致不必要的麻烦和痛苦。儒家所主张『素位而行』，而不妄贪分外的权势名利，和佛家所说任运随缘是相通的，都是在茫茫世路上行走所必须铭记的。

二七〇、摆脱俗情，超凡入圣

作人无甚高远事业，摆脱得俗情便入名流①；为学无甚增益功夫，减除得物累②便入圣境③。

注释 ①名流：不是指现代人所理解的名人之流，而是指令人尊重的一流人。

②物累：心为外物所牵累，也就是心遭受物欲损害。

③圣境：最高道德境界。

译文 做人并不是非要懂得多少高深的大道理，一定要做大事业才行，只要能摆脱世俗就跻身于名流了；做学问并没有什么求得增益的功夫，只要能消除外物的牵累，就进入圣人境界了。

评点　人们都以为人生要做高远的事业，要做许多增益的功夫，这实在是很大的错误。权势、功业、名利都只是外在的东西，而内在的道德修养才是根本。道德修养不是要造作什么、增益什么，而恰恰是摆脱俗情、减除物累的功夫。所以这一节很有现实意义。

二七一、读书修德，心无旁骛

学者要收拾精神，并归一路。如修德而留意于事功名誉，必无实诣①；读书而寄兴于吟咏风雅，定不深心。

注释　①实诣：实在造诣。

译文　求学者要集中精力，专心致志。如果立志修德却又留意功名利禄，必然没有真实的造诣，如果立志读书，却把兴致寄托在吟咏诗词等风雅事上，一定不会深有心得。

评点　无论求学还是修德，要想有高深的造诣，必须专心致志，苦心孤诣。修德的人最忌不忘功名利禄，求学的人最忌装点门面，附庸风雅。能不犯这两个毛病，那么道德和学问都没有止境。汉朝的董仲舒三年没有走近自家的园林，最终成为一代大儒；诸葛亮躬耕于南阳，不求闻达于诸侯，最终成为千古名相。他们是人，我们也是人，他们能做到的，我们也应该努力做到。

二七二、恶人读书，适以济恶

心地干净方可读书学古，不然，见一善行窃以济私①，闻一善言假以覆短②，是又藉寇兵而赍盗粮③矣。

注释

①窃以济私：偷偷用来满足自己的私欲。

②假以覆短：借以掩饰自己的过失。

③藉寇兵而赍盗粮：借给寇盗兵器和粮草。藉，借给。赍，付与。

译文

只有心地纯洁的人才可以读书学习古圣先贤，否则，看到善行好事就用来满足自己的私欲，听到名言佳句就拿来掩饰自己的缺点，等于资助武器给贼寇，接济粮食给强盗。

评点

如果心地不净，即使读古人的圣贤之书，也只是用来济私护短罢了。比如现在的教育，只知教人科技，却不注意培养德行，结果学问越高为害越大，如高科技犯罪之类。用王阳明的话说，这叫作知识之多正好帮他行恶，闻见之博正好帮他为自己辩解，词章之富正好被他用来伪饰自己。推求这种情况的病根，在于只知学问事功，而不先从明了本性下手。性体既不明，怎么能达用？

二七三、希贤希圣，努力躬行

读书不见圣贤，如铅椠①佣；居官不爱子民，如衣冠盗；讲学不尚躬行，为口头禅②；立业不思重德，为眼前花。

注释

①铅椠：古人书写文字的工具。铅，铅粉笔；椠，木板片。

②口头禅：口头念叨的禅语，后指放在口头而不去实行的言句。

译文

读书如果看不到古圣先贤的心地，就是文字的奴隶；做官如果不爱护人民，就像穿着官服的强盗；研究学问却不肯身体力行，就只是口头禅；做事业而不重视道德，就像一朵很快就要凋谢的花。

评点

无论读书、居官、讲学还是干事业，如果道德这个根本不立，那就不但达不到应有的目的，而且可能走向反面。这一节以圣贤与铅椠佣、爱民官与衣冠盗、躬行者与口头禅、立业与眼前花相对照，就很令人警醒。读者应该以此为鉴，反照自己。

二七四、扫除外物，直觅本来

人心有一部真文章①，都被残篇断简封锢了；有一部真鼓吹，都被妖歌艳舞湮没了。学者须扫除外物，直觅本来，才有个真受用。

注释 ①真文章：皆指天命之性，即佛性。

译文 每个人的心中都有一部真文章，可惜被残篇断简封闭了；每个人的心中都有一部真乐曲，可惜被一些妖邪歌声和艳丽舞蹈埋没了。求学的人必须排除外来的物欲，直接觅得本来佛性，这样才能得到真正的受用。

评点 人的天命之性本来具有良知良能，但往往被妖歌艳舞所代表的声色犬马遮蔽了。圣贤文章就是用来见到它的，可是如果局限于书本知识，仍然难以发现它，而且反而同样遮蔽它。前者说的是烦恼障，后者说的是所知障。求学的人一定要摆脱这两障，才能直觅本来佛性，而得真实受用。

二七五、读易松间，谈经竹下

读易晓窗，丹砂研松间之露；谈经午案，宝馨①宣竹下之风。

注释 ①宝馨：香炉中的香。

译文 清晨静坐窗前细读《易经》，用松树滴下来的露水来研朱砂圈点书中的精义；中午时刻在书桌上谈论佛经，香炉中青烟缭绕，那香气随风扩散到竹林深处。

评点 松间或竹下读《周易》、诵佛经，令人产生出尘脱俗的清高之感，与终年积极于名利、整天奔走于尘俗之间的人形成了鲜明的对比。古人优游林泉之下、琴书作伴的生活，的确令人神往。

二七六、守正安分，远祸之道

趋炎附势之祸，甚惨亦甚速；栖恬守逸①之味，最淡亦最长。

注释 ①栖恬守逸：以恬淡为居处，以超逸为所守。

译文 攀附权贵和势力，所招致的祸患既凄惨又迅速；安贫乐道，持守逸群的节操的滋味，最平淡也最悠长。

评点 依附于权贵的奸佞之辈，虽然仗着荣华富贵，在人前作威

作福，但是到了夜深人静的时候，自己也觉得惭愧；到了威福作尽时，难免跟着倒霉。只有那些不贪名利不趋炎附势的人，虽然每天过着自由恬淡的生活，但是心安理得，越品越有滋味。

二七七、闲云为友，风月为家

松涧边携杖独行，立处云生破衲①；竹窗下枕书高卧，觉时月侵寒毡。

注释 ①衲：和尚穿的衣服，此处指宽大的长袍。

译文 在满是松树的山涧旁边，拿着手杖独自散步，站立的地方忽然

生起一片云雾，笼罩在自己所穿的破旧长袍上；在简陋的竹窗下枕着书大睡，醒来时月亮已经把毛毡变寒了。

评点 松与竹，是隐士们所称羡的东西，象征闲云野鹤，潇洒舒泰的生活；云与书，是文人们不离的东西，象征道德文章，诗情画意。这一节把两者汇集到一处，意在既有出世的情怀，又有远大的志向，并且两方面圆融无碍，相得益彰。

二七八、修养定静，临变不乱

忙处不乱性①，须闲处心神养得清；死时不动心②，须生时事物看得破。

注释 ①不乱性：指本性不乱。

②不动心：指镇定、不慌乱、不畏惧。

译文 事务忙乱不堪时，要想保持本性不乱，必须在平时把自己的心神养清明；面对死亡能毫不动心，必须在活着的时候看破红尘一切事物。

评点 面对生与死而不乱性、不动心，能做到这一点的人实在太少了。文天祥之所以能在囚室中咏出『人生自古谁无死，留取丹心照汗青』这样的名句，原因在于他有足够的自我修养，所谓『天地有正气，杂然赋流形』，『于人曰浩然，沛乎塞苍冥』。如孔子所说：

『朝闻道，夕死可也。』还有什么可以使他乱性、动心呢！

二七九、隐无荣辱，道无炎凉

隐逸林中无荣辱，道义路上无炎凉①。

注释

①炎凉：以气候的变化来比喻世态人情的冷暖。

译文

一个退隐林泉之中与世隔绝的人，对于红尘俗世的一切是是非非完全忘怀而不存荣辱之别；一个讲求仁义道德而心存济世救民的人，对于世俗的贫贱富贵人情世故都看得很淡而无厚此薄彼之分。

评点

道家主出世，主张无所执着，完全摆脱了世俗的是非观念，所以不谈荣辱观念。儒家主入世，讲道义，这就要坚持原则，是非分明，容不得任何私情，所以也就没有什么世态炎凉。这两种思想的不同是显然的，但在历史上往往互为补充，融为一体，我们在接受的时候也不应有所偏颇。

二八〇、除去恼热，身心安乐

热不必除，而除此热恼，身常在清凉台上；穷不可遣①，而遣此穷愁，心常居安乐窝②中。

注释

①遣：排除，送走。

②安乐窝：舒适的家。

译文

暑热不必消除，只要消除因暑热而产生的烦躁，就会像坐在清凉台上一般；贫穷无法遣除，只要遣除因贫穷而产生的愁绪，心就像常在安乐窝中一样。

评点

夏季炎热是自然现象，但人们的感受却大不一样。有的人热得不得了，甚至因而生恼；也有的人全无所谓，像没事人一般。这说明一切现象都与人的心理相联系，都可以通过心理的调整而得到改善。古人有『心静自然凉』的说法，佛家又有『安禅何必须山水，灭去心头火亦凉』的名句，道理就在这里。

二八一、贪富亦贫，知足安贫

贪得者，分金恨不得玉，封公①怨不受侯，权豪自甘乞丐；知足者，藜羹旨于膏粱②，布袍暖于狐貂③，编民④不让王公。

注释

①公：爵位名，古代把爵位分为公、侯、伯、子、男五等。

②膏粱：形容菜肴的珍美。

③狐貂：用狐貂皮所制的衣服。

④编民：列于户籍的平民。

译文

贪得无厌的人，给他金银还怨恨没有得到宝玉，封他公爵还怨恨没封侯爵，这种人虽然身为豪富权贵，却等于甘心沦为乞丐；容易满足的人，粗食野菜也比山珍海味还要香甜，穿粗布棉袍比狐袄貉裘还要温暖，这种人虽然身为平民，实际上却比王公还要高贵。

评点 『人心不足蛇吞象』，『得寸进尺，得陇望蜀』，只有少数超凡绝俗的人才能领悟知足常乐之理。在这个问题上，也像对付夏天的炎热一样，应该通过修身养性和适度的心理调剂来解决，而不能把功名利禄看得太真。人怎么能让自己变成积累财富的奴隶呢！

二八一、隐者高明，省事平安

矜名①不若逃名趣，练事②何如省事闲。

注释 ①矜名：炫耀自己的名誉。②练事：做事练达。

译文 喜欢夸耀自己名声，不如逃避名声耐人寻味；谙练事务，不如省去麻烦来得安闲。

评点 矜名与逃名、练事与省事，表现了儒道两家哲学的不同价值取向，即一个入世，一个出世。入世就要练达世事、成就世事，于是就会有名，甚而至于矜名；出世就要省事、避事，即使做成事也不求名，甚至逃名。入世容易俗气，出世自然清高，所以练事不如省事，矜名固然不如逃名。

二八三、超越喧寂，悠然自适

嗜寂者，观白云幽石而通玄①；趋荣者，见清歌妙舞而忘倦。唯自得之士②，无喧寂，无荣枯，无往非自适之天。

注释

①通玄：通达深奥微妙的哲理。

②自得之士：真正彻悟人生，保有自然本性的人。

译文

喜欢宁静的人，看到天上的白云和幽谷的奇石，也能领悟深奥的哲理；热衷权势的人，听到清歌，看到妙舞，就会忘掉一切疲劳。只有了悟自性的人，内心既没有喧闹也没有寂静，既没有荣华也没有衰落，无时无处不是悠然自适的逍遥境界。

评点

趋荣固然是一种贪求，而嗜寂也是一种嗜好，正不必分什么你高我低。有求有嗜就不自由，只有自得之士才能随处自在。所谓自得，即『世事静观皆自得』，其自得来源于一个『静』字。而之所以能静而自得，一句老话说得好：『无欲故静。』

二八四、得道无系，静躁无干

孤云出岫①，去留一无所系；朗镜悬空②，静躁两不相干。

注释

①孤云出岫：陶渊明咏《贫士》诗：『万族各有岫，孤云独无依。』李善注：孤云，喻贫士也。岫，是山中洞穴。

②朗镜悬空：指明月当空。

译文

一片浮云从山间腾起，或去或留，毫无牵挂；皎洁的明月像一面镜子挂在天空，人间的宁静或喧嚣都与它毫不相干。

评点

孤云之所以去留无系，朗镜之所以两不相干，在于它们是无心的。一切系缚、痛苦、烦恼都是因为有心，若能无心，与它们又有什么不同？如王阳明所说：有心俱是妄，无心才是真。

二八五、浓处味短，淡中趣长

悠长之趣不得于醲酽①，而得于啜菽饮水②；惆怅之怀不生于枯寂，而是生于品竹调丝③。故知浓处味常短，淡中趣独真也。

注释

①醲酽：特别浓厚的滋味。醲，味道醇厚的酒。酽，香味浓厚之茶。

②啜菽饮水：比喻生活清淡。啜，吃。菽是豆类的总称。饮水，喝白开水。

③品竹调丝：欣赏、演奏音乐。

译文 悠长的趣味并不是在美酒佳酿中得来，而是在粗茶淡饭中得到；惆怅的情怀并不是在枯燥寂静中产生，而是在美妙的音乐中产生。所以浓艳处得到的趣味总是很短暂的，恬淡中得到的趣味才特别纯真。

评点 所谓深处味短，淡中趣长，指的是精神上的追求。富得只有书本和穷得只剩下钱都不行，两方面要达到平衡才好。但这种平衡一定是以精神为主导的平衡，如果追逐金钱达到痴迷状态，精神就未免空虚。只有精神富足的人才能真趣盎然。

二八六、动静合宜，出入无碍

水流而境无声，得处喧见寂之趣；山高而云不碍，悟出有①入无②之机。

注释 ①有：指有形的具体事物。

②无：指性体的真空境界。

译文 江河流动不停，却听不到流水的声音，从中能发现闹中之静的趣味；山峰虽然很高，却不妨碍白云的浮动，从中可以领悟出于有的境界而进入无的境界玄机。

评点 水流是喧，所谓境无声，是指性定而不住于声。这种情形就像山不碍云、云也不碍山一样，不是无云无山，只是不碍，所以说喧处见寂、出有入无。『鱼相忘乎江湖，人相忘乎道术』，说的就是这种无碍的境界。

二八七、心有系恋，便无仙乡

山林是胜地，一系恋①变成市朝②；书画是雅事，一贪痴便成商贾。盖心无染著，欲境是仙都；心有系恋，乐境成苦海矣。

注释

①系恋：迷恋。

②市朝：交易场所和君臣谋划政事之处。

译文

山野林泉本来是殊胜的地方，一执着留恋就会变成市场和朝廷；琴棋书画本来是一种高雅的事情，一贪恋痴迷就会变成商贾。只要心中不为外物所污染，物欲境界就是神仙的境界；心中有所执着留恋，快乐的境界也会变成苦海。

评点

雅俗不决定于具体地点或具体事情，而是决定于心态。山林是隐居胜地，市朝是名利之场，心一转就会即此而成彼，或即彼而成此，所处所对是雅还是俗，是胜地、仙都还是市朝、苦海，完全决定于自己的一念。

二八八、卧云弄月，绝俗超尘

芦花被①下，卧雪眠云，保全得一窝夜气②；竹叶杯中，吟风弄月③，躲离了万丈红尘④。

注释

①芦花被：用芦苇花絮做的被。

②一窝夜气：儒家指晚上静思所产生的良知善念。

③吟风弄月：此指吟诗填词。

④万丈红尘：指俗世中热闹繁华的地方。

译文

把芦花当棉被，把雪地当木床，眠于浮云中，就会保全一分宁静的气息；用竹子作酒杯，一边作诗填词一边尽情高歌，就能逃开尘世的繁华喧嚣。

评点

相对于万丈红尘，象征良知和善念的夜气显得微不足道。孟子说：人白天生出夜里增长的善心，接触到天亮时的清新气息时，那些生长出来的好恶感与别人相差无几，但到第二天天亮时，那些好恶感便消失了。如果不断地消失下去，那么他黑夜里便不可能生出善心；黑夜里不能生出善心，那么他便和禽兽相差不远了。所以要保全夜气而躲离红尘，两面挟持，使人们本善得以充分恢复、长久保持。

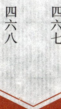

二八九、俗不反雅，淡反胜浓

衮冕①行中，著一藜杖②的山人，便增一段高风；渔樵路上，著一衮衣的朝士③，转添许多俗气。故知浓不胜淡，俗不如雅也。

注释

①衮冕：官位的代称。衮，古代皇帝所穿绣有衮龙的衣服。冕，古代天子、诸侯、卿大夫等所戴的礼帽。

②藜杖：指手杖。

③朝士：指在朝为官的人。

译文

在高官显贵的行列中，如果出现一位手持藜杖的隐士，就会增加一些清雅的气象；在渔父和樵夫中，假如加入一个朝服华丽的大官，反而增加很多俗气。所以荣华富贵不如淡泊宁静，俗世不如清雅。

评点

什么是俗？什么是雅？如果还有俗雅之念，那就还没有完全离俗。所以勿羡于雅，勿甘于俗，两相忘却，是真境界。古有仿佛一为官便为俗，一入林便为雅的看法，其实在朝非无雅士，山林也不是无俗人，关键在于人的品性修养如何。志操高洁而肯入朝，入朝后仍能保持高洁，这才是最高明的。

一九〇、身放闲处，心在静中

身常放在闲处，荣辱得失谁能差遣我？此心常安在静中，是非利害谁能瞒昧①我？

注释

①瞒昧：隐瞒遮掩。

译文

只要经常把自己的身心放在安闲的环境中，世间所有荣华富贵与成败得失都无法左右我；只要经常把自己的身心置于静寂中，是非和利害也就无法欺瞒我。

评点

一个人处在忙碌之时，置身功名富贵之中，的确需要静下心来修省一番，闲下身子安逸一下。这时如果能达到佛所谓『六根静净，四大皆空』的境界，就会把人间的荣辱得失，是非利害视同乌有。这利于帮助自我调节，防止陷入功名富贵的迷潭，难以自拔。

一九一、不希荣达，不畏权势

我不希荣，何忧乎利禄之香饵①？我不竞进②，何畏乎仕宦之危机？

注释

①香饵：极诱惑人的东西。

②竞进：争夺官位。

译文 我如果不希望荣华富贵，又何必担心他人用名利作饵来引诱我呢？我如果不和人竞争官位的高低，又何必怕在官场中的危机呢？

评点 『香饵之下必有死鱼，重赏之下必有勇夫。』那是因为对方希荣梯宠、有投机钻营的心，假如连这样的心也没有，再香的诱饵也没有丝毫作用。所以作者劝戒人们：要想不误蹈陷阱误踏荆棘，最好是把荣华富贵和高官厚禄都看成过眼烟云。

二九二、圣境之下，调心养神

徜徉①于山林泉石之间，而尘心渐息；夷犹②于诗书图画之内，而俗气潜消③。故君子虽不玩物丧志④，亦常借境调心。

注释

①徜徉：徘徊。

②夷犹：徘徊留连不进的意思。

③潜消：暗中消逝。

④玩物丧志：沉迷于玩赏珍奇宝物而丧失了本来志向。

译文

漫步山川林泉岩石之间，欲念就会逐渐消失；留连在诗书图画的境界，俗气就会暗暗消失。所以君子虽然不玩物丧志，也要借不同的境界来调剂身心。

评点

『近朱者赤，近墨者黑。』俗人并不天生就俗，雅士也不是天生就雅，而是环境和所接触的事物使然。在当今欲望横流的社会环境里，学会借山林泉石的幽雅环境来培养自己的气质，用书香气氛充实自己的内在素质，是特别重要的，只要不玩物丧志就行。

二九三、繁华之春，不若秋实

春日气象繁华，令人心神流荡①；不若秋日云白风清，兰芳桂馥②，水天一色，上下空明③，使人神骨俱清④也。

注释

①流荡：放荡。

②馥：香气。

③空明：清明状态。

④神骨俱清：指精神和形体都感到舒适畅快。

译文

春天的气象一片繁华，使人心神流荡，留连忘返；不如秋天云彩洁白，清风拂面，兰桂飘香，水天一色，天地间一片辽阔光明，使人精神和骨骼都感到清爽。

评点

春景惹人爱，秋景使人清。因为春天是舒发的季节，美好的景色使人心荡，而秋天是收敛的季节，使人在肃杀萧条中保持清醒和超脱。刘禹锡的诗说：『自古逢秋悲寂寥，我言秋日胜春朝。晴空一鹤排云上，便引诗清到碧霄。』可见秋景可以使人的精神境界得到提升。

二九四、来去自如，融通自在

身如不系之舟①，一任流行坎止；心似既灰之木，何妨刀割香涂？

注释

①不系之舟：指不用绳索缚住的船，比喻自由自在。

译文

身体像一艘没有缆绳的孤舟，随波逐流，尽性而泊；内心就像一棵已经成灰的树木，不管是用刀割还是用香料涂抹，有什么关系呢？

评点

身所以可以像不系之舟一样任它的行止，是因为心似已经成灰的树木一样，没有什么能动摇它了。假如做不到这一点，那还是知进知退，以被境界所流荡的好。所以问题主要不在于身体的行止，而在于内心的修养功夫。懂得这个道理，就知道平时应该着力用功处了。

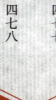

二九五、欲动念邪，心虚念正

欲其中者，波沸寒潭①，山林不见其寂；虚其中者，凉生酷暑，朝市不知其喧。

注释

①波沸寒潭：指深而寒冷的潭水被激起波浪。

译文

内心充满欲望，能使心中掀起汹涌波涛，即使住在深山古刹也无法平息；内心毫无欲望，即使在盛夏季节也会感到浑身凉爽，即使住在闹市也不会察觉喧闹。

评点

有欲望心中就不虚，不虚就不灵不明，从而也就不得清静，甚至陷溺其中。无欲心才虚，才灵明不昧，从而到处如入无人之境，纵横自在。无欲则刚，虚则自定。

二九六、富者多忧，贵者多险

多藏者厚①亡，故知富不如贫之无虑；高步②者疾颠③，故知贵不如贱之常安。

注释

①厚：堆积、增多。

②高步：高视阔步，目空一切。

③疾颠：很快跌倒。

译文

财富聚集太多的人，总忧虑自己的财产被人夺去，可知富有不如贫穷使人无忧无虑；地位很高的人，总怕自己的官位被人夺走，可见当官不如做平民逍遥自在。

评点 人为财死，鸟为食亡，所以人人都想富贵，而不愿贫穷，却不知道无官一身轻，无财不担心，日子过得要轻松自在得多。老子说高以下为基，贵以贱为本，执者必失，多财厚亡，富贵中人能想想这个道理，进而加强修养，调整心态，是很有必要的。

二九七、人为乏之趣，天机自然

花居盆内终乏生机，鸟落笼中便减天趣；不若山间花鸟错杂成文，翱翔①自若，自是悠然会心②。

注释 ①翱翔：鸟飞的状态。
②会心：领悟于心。

译文 花栽植在盆中，到底是缺乏自然的生机，鸟关进笼子，就减少了天然的趣味；不如山间的花在相错相杂中构成文理，野鸟在空中自由飞翔，让人看起来更加赏心悦目。

评点 盆景虽美，对植物来说不是自然环境；笼子再好，对鸟来说终是牢笼。那些一心求权势名利的人，受到权势与名利的引诱，成了它们的奴隶，完全忘记了人本来应该享受的天趣，而不知觉悟。

做人一定要深自反观，从而身在富贵而跳出富贵的牢笼。

二九八、物我两忘，乾坤自在

帘栊①高敞，看青山绿水吞吐云烟，识乾坤之自在；竹树扶疏②，任乳燕鸣鸠③送迎时序，知物我之两忘。

注释

①帘栊：窗和窗帘。帘，用竹编成用来作窗或门的遮蔽物。栊，宽大有格子的窗户。

②扶疏：枝叶茂盛纷披。

③乳燕鸣鸠：燕与鸠都是候鸟，春天南飞，冬天北飞，用来代表春秋季节。

译文

打开窗帘，望见青山绿水中出现的云雾，才明白自然界多么逍遥自在；翠竹和花木茂盛纷披，乳燕和鸠鸟鸣叫着送走冬天，迎来春天，才理解物我两忘的境界。

评点

大自然是人类的家园。生活在现代都市的人，窗外看到的是鳞次栉比的高楼大厦，听到的是喧嚣尘埃的喧杂噪音，其实是一种远离家园，长此以往，精神也会被扭曲。只有回归大自然，才能体会到乾坤自在的境界、『采菊东篱下，悠然见南山』的真趣，从而治疗精神扭曲，保持身心健康。

一二九九、生死成败，一任自然

知成之必改，则求成之心不必太坚；知生之必死，则保生之道不必过劳①。

注释

①过劳：过于费心。

译文

懂得有成功就有失败，对求成的念头就不必太执着；知道有生就有死，对养生之道就不必过于辛苦。

评点

有生就有死，有成就有败，这是自然规律，没有什么东西

能够例外。作者要我们洞达这个道理，事情不求必成，生命不求永住，像古时候林泉下归隐的渔樵那样超然物外，『一壶浊酒喜相逢，古今多少事，都付笑谈中』。

三〇〇、猛兽易伏，人心难制

眼看西晋之荆榛，犹矜白刃；身属北邙①之狐兔，尚惜黄金。语云：『猛兽易伏，人心难降；谷壑易填，人心难满。』信哉！

注释

①北邙：洛阳以北有墓地曰北邙，由汉代起即是有名的墓地。

译文　眼看西晋的首都已经变成荒芜之地，却仍在那里炫耀自己的武力；身体已经是北邙山狐鼠的食物，却还是那样爱惜金钱。俗谚说：『野兽还易降伏，人心才难以降伏；沟壑还容易填平，人的欲望却难以满足。』确实是呀！

评点　历史有惊人的相似之处，它的教训却无人去真的吸取。古战场上枯骨层层累累，却至今有人在那里炫耀武力；那些身体即将成为野狐野兔食物的人，还在贪恋带不走的钱财。死者已矣，生者应当如何？难道只顾身前，不顾身后，继续重复这样的历史吗？

三〇一、人生无常，胜迹安在

狐眠败砌①，兔走荒台，尽是当年歌舞之地；露冷黄花②，烟迷衰草，悉属旧时争战之场。盛衰何常？强弱安在？念此令人心灰！

注释　①砌：台阶。

②黄花：菊的异名。

译文　狐狸作窝的残壁，野兔奔跑的荒台，都是当年美人歌舞的胜地；菊花在寒风中抖擞，枯草在烟雾中摇曳，都是以前英雄争霸的战场。兴衰成败如此无情，而富贵强弱又在何方呢？想到这些，就会使人产生无限感伤而心灰意懒。

评点　世事沧桑，胜迹不再有；人生无常，富贵何足恃？但人们总是『好了伤疤忘了疼』，一再重蹈覆辙。『今朝有酒今朝醉，不管明日是和非』的态度，固然未免太过悲观，但在名与利中争来夺去，不知休止，成为名利的奴仆，又是何苦？

三〇二、宠辱不惊，去留无意

宠辱不惊①，闲看庭前花开花落；去留②无意，漫随天外云卷云舒。

注释　①宠辱不惊：对于荣耀与屈辱无动于衷。

②去留：退隐或继续为官。

译文　对于荣耀屈辱无动于衷，心地安宁，欣赏庭院中花开花落；对于升迁得失漠不关心，冷眼观看天上浮云随风聚散。

评点　名利场中潮起潮落，人像一片落叶一样不由自主。要想主宰自己的命运，不是更高的地位或更多的财富，而是通过心性修养，做到这一节所说的『宠辱不惊』、『去留无意』。官场少有长青树，财富总有用尽时，只有练得宠辱不惊、去留无意的功夫，才能对境无心，如闲云野鹤。

二〇三、苦海无边，回头是岸

晴空朗月，何处不可翱翔，而飞蛾独投夜烛；清泉绿果，何物不可饮啄，而鸱鸮偏嗜腐鼠。噫！世之不为飞蛾鸱鸮①者，几何人哉？

注释

①鸱鸮：猫头鹰。

译文

晴空万里，朗月当空，哪里不可以自由自在飞翔呢？可是飞蛾偏偏扑向夜烛自取灭亡；清澈的泉水，翠绿的瓜果，什么东西不可以饮食果腹呢？可是鸱鸮却偏偏喜欢吃腐烂的死鼠。唉！人间不做飞蛾鸱鸮事的人能有几个呢？

评点

明明是火海，却偏偏扑进去；明明是腐鼠，却偏偏要去吃。动物是这样，人也不例外。很多事情明明是错误的、可笑可鄙的，在疯狂的状态下却以为正常；明明有害，甚至是自杀，可人们偏偏难以克制，甚至无法阻挡。放纵欲望是陷阱，是苦海，一定要及早回头。

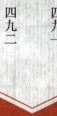

二〇四、冷眼视事，如汤消雪

权贵龙骧①，英雄虎战，以冷眼视之，如蚁聚膻，如蝇竞血；是非蜂起，得失猬②兴，以冷情当之，如冶③化金，如汤消雪。

注释

①龙骧：比喻威武的气概。

②猬：刺猬，全身长满如针毛刺，一遇敌人毛刺勃起。

③冶：熔炉。

译文

达官显贵打着龙旗，英雄像老虎一样勇猛地作战，冷眼旁观起来，像蚂蚁聚集在膻腥的东西上，像苍蝇聚在一起争夺血腥；是非如群蜂飞起一般纷乱，得失如刺猬竖起的毛针一样密集，冷静地观察，如同洪炉熔化金属，如热水消融冰雪。

评点

龙争虎斗、狼烟滚滚，这就是载满史书的画面，而英雄们互相征战的结果，是成者王侯败者贼，是生灵涂炭，荒坟蔽野，与蚂蚁争夺膻腥、苍蝇争食血腥没有什么两样。这样看人生世事，才知道冷眼有多必要，静心是多么应当。

三〇五、心月开朗，水月无碍

胸中既无半点物欲，已如雪消炉焰冰消日；眼前但有一段空明，时见月在青天影在波①。

注释

①月在青天影在波：比喻有而虚幻的状态。

译文

心中假如没有丝毫物质欲望，就像炉火化雪、太阳化冰一般；

眼前只要一片空旷明朗，就像看见月亮当空，影子倒映在水中一般。

评点 欲望过于强烈，心神就会受物欲蒙蔽，以致头脑昏聩而不明事理。心中清静，本性才能现前，从而自然神清目明，境界不同。那么，如何才能保持胸中无半点物欲，眼前自有一段空明呢？想明白了，才知道这是人生最大、最需要及早解决的问题。

三〇六、森罗万象，梦幻泡影

树木且归根，而后知华萼①枝叶之徒荣；人事至盖棺②，而后知子女玉帛之无益。

注释 ①华萼：即花萼，花的组成部分之一，由若干萼片组成，包在花瓣外面，花开时托着花冠。华，同『花』。

②盖棺：指人生命的结束。

译文 树木尚且落叶归根化为腐土，这才知道花朵和枝叶不过是一时的荣华；人到死后盖上棺材，才知道子女和钱财毫无用处。

评点 这是比喻人认死理，不被实际情况碰个焦头烂额决不甘心，俗话说『不见棺材不落泪，不撞南墙不回头』同意。但到了盖棺时候，就一切都晚了，所谓『早知如此，何必当初』。

三〇七、毁誉褒贬，一任世情

饱谙①世味，一任覆雨翻云，总慵②开眼；会尽人情，随教呼牛唤马，只是点头。

注释

①谙：熟悉。

②慵：懒惰。

译文

饱经人世风霜的人，任凭人情世态像云和雨一样翻覆，总懒得睁开眼睛去看；看透了人情世故的人，随便被呼作牛或马，也只是点头认可。

评点

社会是一所大学校，人情冷暖，世态炎凉，都使人清醒，使人得到淬炼。也只有饱经世故、看惯人情的人，才能任凭潮起潮落而岿然不动，随人唤作牛马而全无反感。佛经说『一切法都是佛法』，可见世态炎凉、人情世故都是佛在说法，可以使人待功名如粪土，视富贵如浮云，在人间而成就仙人仙境。

三〇八、大美不雕，人贵自然

意所偶会便成佳境，物出天然才见真机；若加一分调停布置，趣意便减矣。白氏云：『意随无事适①，风逐自然清。』有味哉！其言之也。

注释

①适：到。

意识偶然遇上，成了美好的境界，东西出于天然才看出造化的天工；只要加一分人工的修饰，趣味就会大大降低。所以白居易的诗说：『意念听任无为才能身心舒畅，风自然吹来才感到清爽。』这两句诗说的有味道啊！

评点

我们生活在一个过分重视包装和修饰的时代。一盒月饼的原料价格充其量就是几十元吧，但经过包装后，摇身一变就成了几百上千甚至万元几万元十几万元。一个声音嘶哑、五音不全的歌手，包装一下，光出场费就以百万计。物贵天然，人贵自然，『清水出芙蓉，天然去雕饰』，还是返朴归真吧！

三〇九、心有真境，绝虑忘忧

人心有个真境，非丝非竹①而自恬愉，不烟不茗②而自清芬。须念净境空，虑忘形释③，才得以游衍④其中。

注释

①丝竹：乐器。

②茗：茶水。

③形释：躯体融化，形容忘记了身体的存在。

④游衍：恣意游逛。

译文

人有一种真实的境界，没有音乐来调剂也会感到恬然愉悦，无需焚香烹茶就会感到满室清香。要使念头纯净，意境空灵，忘却一切烦恼，无超越形骸，才能得到优游在生活的乐趣中。

评点 丝竹美妙悦人，燃香品茗优雅脱俗，但人的恬悦和脱俗是否一定要靠外在事物？回答是否定的。那么作者所说的真境是什么？作者提到了念净境空，虑忘形释。但念净境空，虑忘形释又是怎样做到的呢？虽然不排除个别心态好的时候也类似这样，但要真正做到这样，并且经常保持，则非自己的佛性与外境界融会为一不可。

三一〇、真不离幻，雅不离俗

金自矿出，玉从石生，非幻①无以求真②；道得酒中③，仙遇花里，虽雅不能离俗。

注释 ①幻：指事物之空无。据《金刚经》：『一切有为法如梦幻泡影。』

②真：真如。《唯识论》：『真谓真实，显非虚妄，如谓如常，表无变易。』

③道得酒中：从饮酒中体悟到真理。

译文 黄金从矿山中挖出，美玉从石头中产生，可见不通过幻象就得不到真悟；道从杯酒中悟出，仙也许能在声色场或繁花丛中遇见，可见脱离俗世便不能产生雅事。

评点

真指道，幻指现象。《庄子·知北游》说：『东郭子问庄子：「所谓的道在哪？」庄子说：「无所不在。」东郭子说：「到底在哪？」庄子说：「在蝼蚁身上。」东郭子说：「多么卑下啊！」庄子说：「在稗子上。」东郭子说：「怎么更卑下了？」庄子说：「在瓦砾中。」东郭子说：「越来越卑下了？」庄子又说：「在屎溺。」』可见道无所不在，就在一切幻象中，离开幻象也就无道可求了。

三二一、布被蔬淡，颐养天和

神酣①布被窝中，得天地冲和②之气；味足藜羹③饭后，识人生淡泊之真。

注释

①酣：本义为酒饮到妙处。此处指酣睡。

②冲和：冲淡和顺。

③藜羹：野菜所烹调出来的汤汁。

译文

能在粗布被窝里睡得很香甜的人，就能体会大自然的和顺之气；粗茶淡饭能吃得很香甜的人，才能领悟出恬淡生活中的真正乐趣。

评点

孔子说：『粗茶淡饭，饮白开水，困了枕在弯曲胳膊上，也是乐在其中的。不义却富贵的生活，对我像天上的浮云一样。』『贤明啊颜回，一个箪饭，一个瓢喝水，住在陋巷里面，别人愁得不得了，他却还是那么快乐。』能得天地冲和之气，能识人生淡泊之真，自然快乐满足。

三二六、断绝思虑，一真自得

斗室中万虑都捐①，说甚画栋飞云，珠帘卷雨②；三杯后一真自得，唯知素琴横月，短笛吟风。

注释

①捐：放弃。

②珠帘卷雨：形容房屋极为华丽。语出王勃《滕王阁序》：『珠帘卷西山之暮雨，画栋朝南浦之飞云。』

译文

住在斗室之中，世间的一切忧愁烦恼全部消融，还奢望什么雕梁画栋、飞檐入云，珍珠穿成的帘子像雨珠般玲珑；三杯老酒下肚，纯真的本性自然呈出，只知道对明月弹琴，临清风吹笛。

评点

斗室即陋室，刘禹锡的《陋室铭》有『山不在高，有仙则名。水不在深，有龙则灵』的道理，因『惟吾德馨』而以『南阳诸葛庐，西蜀子云亭』自比，最后以孔子的话反问『何陋之有』，与这一节同一旨趣。

三一三、任其自然，万事安乐

幽人①清事总在自适，故酒以不劝为欢，棋以不争为胜，笛以无腔为适，琴以无弦为高②，会以不期③约为真率，客以不迎送为坦夷④。若一牵文泥迹⑤，便落尘世苦海矣！

注释

① 幽人：隐居不仕的人。

② 笛以无腔为适，琴以无弦为高：用笛声和琴声来陶冶性情，不讲求音律节奏。陶渊明诗有『但识琴中趣，何劳弦上音』。

③ 会以不期：没有指定时间的相会。

④ 坦夷：平坦。

⑤ 牵文泥迹：牵挂于繁锁的世俗礼节，并为之所拘束。

译文

幽居的人和高雅的事都为了顺应自己的本性，所以饮酒以不劝人为最快乐，下棋以不相争为最高明，吹笛子以没有腔调为最快意，弹琴以没有琴弦为最高明，相会以没有邀约为最真诚，宾客往来以不迎送为最坦荡。一受到繁文缛节的束缚，就掉进世俗的苦海中了。

评点

自适是人人都想要的，但很多人不得要领，总是依赖于外在的东西，拘于世俗人情礼节的约束。其实每个人都是独立自主的，自适在于摆脱外在事物和繁文缛节，顺乎本性，自然而然，否则便落入烦嚣，便是尘世和苦海。

三一四、思及生死，万念灰冷

试思未生之前有何相貌，又思即死之后作何景色？则万念俱冷。一性寂然①，自可超物外，游象先②。

注释

①一性寂然：指本性的空寂和宁静。

②象先：超越于各种形象之外，指无形无象的道体。语出《老子》：『吾不知谁之子，象帝之先。』

译文

想想在没出生以前有什么相貌？再想想死后是什么景象？一想到这些就会万念俱灰。只要本性寂然不动，自然能超脱万物的牵累之外，遨游于天地产生之前。

评点

有的人一生追逐名利，你争我夺，互相倾轧，不知休止，有的人及时行乐，花天酒地，乐而忘返，甚至为自己的相貌美丑、打扮是否入时而或喜或忧。想想未生之前有什么相貌，已死之后名利还有什么用，是很有必要的，因为只有看破生死，妄念顿消，才能摆脱世俗的纠缠而超然物外。

三一五、雌雄妍丑，俄而何在

优人①敷粉调朱，效妍②丑于毫端，俄而歌残场罢，妍丑何存？奕者争先竞后，较雌雄③于着子，俄而局尽子收，雌雄安在？

注释

①优人：伶人，俗称戏子。

②妍：美好，美丽。

③雌雄：指胜败。

译文

伶人在脸上搽胭脂涂口红，一切美丑都决定于化妆的笔尖，转眼之间曲终人散，方才的美丑又在哪里？下棋的人激烈竞争，把一切

胜负都决定在棋子上，转眼之间战局结束，棋子收起，方才的胜败又在何处？

评点

人生一场戏，世事一局棋。可悲的是入戏太深，以至忘了是一场戏；争心太强，忘了是一局棋。人生不过数十寒暑而已，一切是非成败在历史长河中都是虚幻的、短暂的，何苦为戏中的富贵、棋盘上的胜负而费尽心机，不择手段呢！

三一六、自然真趣，闲静可得

风花之潇洒，雪月之空清，唯静者为之主；卉木之

荣枯，竹石之消长，独闲者操其权①。

注释　①权：秤铊，引申为衡量。

译文　清风下花儿随风摇曳的洒脱，明月下积雪的空旷清宁，只有内心宁静的人才能成为享受的主人；花卉的茂盛与枯荣，竹子与水中石的消长，只有闲适的人才能掌握其变化规律。

评点　『铁甲将军夜渡关，朝臣待漏五更寒。山寺日高僧未起，算来名利不如闲。』置身大自然之中陶冶性情，体察世上万物的变化而寻求其规律，只有心静情闲才有可能，否则，早已像热衷于腥膻的蝼蚁和苍蝇一样，岂能为主操权？

三二七、天全欲淡，虽凡亦仙

田父野叟，语以黄鸡①白酒则欣然喜，问以鼎食②则不知；语以缊袍③短褐④则油然乐，问以衮服则不识。其天全⑤，故其欲淡，此是人生第一个境界。

注释　①黄鸡：肥鸡煮熟后上面有一层黄色的油皮，黄鸡指一般所说的白斩鸡。

②鼎食：形容美味珍馐的食物。鼎是中国古代盛食物的锅。

③缊袍：新棉加上旧絮所作成的棉絮叫缊。《论语·子罕篇》：『衣敝缊袍。』

④短褐：粗糙的衣服。

⑤天全：保持天然的本性。

【译文】乡下老农，谈论白斩鸡、老米酒，就会兴高采烈，如果问山珍海味等佳肴，就茫然不知；提起长袍短褂，就会流露出快乐，假如问起黄袍紫衣，则完全不懂。他们淳朴的本性得以保全，所以欲望很淡，这是人生的第一等境界。

【评点】陶渊明的《桃花源记》写了一个世外的社会，那里的人为逃避秦朝的暴政而来到这里，不再出去，不知有汉，无论魏晋，所以民风淳朴，质性自然，没有你争我夺，只是怡然自乐。见闻得少，天性就纯全，欲望就浅淡，所以成为千古以来人们心目中的理想世界，这是很值得玩味的。

三一八、人我合一，云留鸟伴

兴逐①时来，芳草中撒履闲行，野鸟忘机②时作伴；景与心会，落花下披襟兀坐③，白云无语漫相留。

【注释】①逐：随。

②忘机：消除了机巧之心。

③兀坐：危坐，端坐。

【译文】心血来潮时，脱下鞋袜在草地上散步，就连野鸟也会忘记危险而来作伴；景色和心融为一体时，披着衣裳静坐在落花下，连白云也无言地依恋地停留不去。

【评点】这是一种自然活泼，与天地万物合而为一的境界。当人在浑然忘我的境界中怡然自得的时候，连鸟兽也会与他成为朋友，连白云也显得依恋不舍，这种佳境该说是快乐似神仙了。

三一九、雨后观山，静夜听钟

雨余观山色，景色更觉新妍；夜静听钟声，音响尤为清越①。

【注释】①清越：形容声音清脆响亮。

【译文】雨后观赏山川景色，就会觉得另有一番清新气象；夜静时听庭院钟声，就会觉得音质特别清脆悠扬。

【评点】这说明事物都是相对的，感受在相比较中才会更鲜明。人们对生活的调剂，也应该利用这种相对性，通过加大反差来达到更好的效果。但在相对的两种情境中，必定有一种是更根本的，如老子说躁以静为本，高以下为基之类。所以还要懂得知雄守雌、守柔处弱。所谓雨后观山，静夜听钟，深意应该在这里。

三三〇、观物有得，勿徒留连

栽花种竹，玩鹤观鱼，亦要有段自得处；若徒留连光景，玩弄物华①，亦吾儒之口耳②，释氏之顽空③而已，有何佳趣？

注释

① 物华：美丽的景色

② 口耳：口传耳听，形容无益于身心修养的教学。

③ 顽空：佛教中以为自性是真空妙有，偏执一面，不懂得本体虽空而作用不断的道理，叫做顽空。

译文

栽种花竹树木，饲养鹤，观赏鱼，也都需要一种自得的心情；假如只是因为留恋光景，玩赏奇异的事物，也不过是儒家所说的出口入耳的学问，佛家所说的顽空罢了，有什么美好情趣？

评点

读这一节应注意，所谓『顽空』似为『住相』之误。顽空是住于性体之空，以至连其作用也空掉的错误见解，在顽空之下还谈什么光景物华？留连光景、玩弄物华是只有住相的时候才会有的现象。

三三一、宁隐山林，不为驵侩

山林之士，清苦而逸趣自饶①；农野之人，鄙略②

而天真③浑具。若一失身于市井驵侩④，不若转死沟壑⑤，神骨犹清。

注释

①饶：富有、丰足。

②鄙略：鄙野而缺少学识。

③天真：本性的纯真。

④驵侩：居中介绍卖买之人，古代称市郎。

⑤壑：山沟或积水的坑。

译文

隐居山野林泉的人，生活虽然清苦，但是精神生活却很充实；农田里耕作的人，学问知识虽然浅陋，但是朴实纯真的天性浑然具备。而

一回到都市与市侩气的奸商在一起，不如死在荒郊野外，能保持名声和尸骨的清高。

评点

古代人重义轻利，对商人特别是经纪人是很看不起的，以为他们奸猾而失去人的本性。这种看法现在看来未免偏颇，但并不是没有道理。和他们相比，山林隐士的清高，农夫野老的淳朴都是可贵的，所以宁可老死在山野林泉，也不像奸猾的经纪人那样过富有的生活。

三二八、修道修德，贵在真诚

淫奔之妇，矫①而为尼；热衷之人②，激而入道。清净之门，常为淫邪之渊薮③也如此。

注释

①矫：伪装、假托。

②热衷之人：指沉迷于功名利禄的人。

③渊薮：人或事物集中的地方。渊为鱼之集所，薮为兽之依据。

译文

跟人私奔的妇女，矫情地到庙里去作尼姑；热衷于权势名位的人，由于一时愤激而遁入道门。远离红尘极清净的地方，却常常因而成为淫荡邪恶之徒的聚集之处。

评点

出家人清修的山林，竟成了贪欲之辈的去处和利禄之徒的终南捷径，具有很大的欺骗性，危害极大。究其原因，一是矫，即以伪装掩盖真相；二是激，即因一时愤激而入山，不能保持节操。其实修身岂在出家？心不出家，身出家也没有用；心出家，在家也可以修行。无论为释为道为儒，修身的人能吸取教训，不重蹈他们的覆辙，才能切实修行。